ÉTONNANTS •

BAUDELAIRE
VERLAINE
RIMBAUD

Voyages en bohème

Présentation, chronologie, notes et dossier par
FRANÇOISE MÉTAIS,
professeur de lettres

Cahier photos par
ÉLISE SULTAN,
professeur de lettres

Flammarion

La poésie
dans la collection « Étonnants Classiques »

APOLLINAIRE, *Alcools*
Au nom de la Liberté – Poèmes de la Résistance (anthologie)
BAUDELAIRE, *Les Fleurs du mal*
DU BELLAY, *Les Regrets*
LA FONTAINE, *Le Corbeau et le Renard et autres fables* (collège)
Fables (lycée)
Le Parti pris du monde – 22 poèmes contemporains (anthologie)
Poèmes de la Renaissance (anthologie)
Poésie et lyrisme (anthologie)
Poésie, j'écris ton nom – Introduction à la poésie (anthologie)
RIMBAUD, *Poésies*
VERLAINE, *Fêtes galantes, Romances sans paroles*
précédées de *Poèmes saturniens*

Édition revue, 2015.
ISBN : 978-2-0813-5313-8
ISSN : 1269-8822

SOMMAIRE

Voyages en bohème

PRÉSENTATION

Charles Baudelaire n'a pas pu connaître Paul Verlaine ni Arthur Rimbaud mais il fut pour eux un maître. Les trois poètes ont la même conception de la poésie : elle doit, selon eux, tirer sa substance de leur expérience vécue. Vie et œuvre ne peuvent donc être considérées l'une sans l'autre.

Enfances tourmentées

Les trois hommes sont issus de milieux bourgeois, aisés, aux idées conservatrices.

Charles Baudelaire perdit son père, ancien prêtre assermenté, amateur de peinture, à l'âge de 6 ans. Il ne se consola pas du remariage de sa mère, un an plus tard avec le futur général Aupick, remariage qu'il ressentit comme une trahison maternelle.

Paul Verlaine fut l'enfant longtemps désiré de parents âgés. Son père était officier de carrière. Sa mère le protégea jusqu'à l'étouffement, marquée par la perte de plusieurs enfants avant la naissance de Paul.

Arthur Rimbaud était le fils, lui aussi, d'un officier de carrière, qui abandonna définitivement sa famille alors que l'enfant n'avait que 6 ans. Il supportait difficilement la morale rigoureuse et austère de sa mère, qui imposait trop de contraintes à son indépendance précoce.

Les trois poètes furent donc marqués par une enfance assez douloureuse : Verlaine et Rimbaud cherchèrent à y échapper par des fugues précoces.

Des vies de bohème

Qu'est-ce que la vie de bohème au XIXe siècle ? Cette notion est apparue en France vers les années 1830-1840. On désignait ainsi une vie en marge de la société, fondée sur le refus ou l'incapacité d'assumer une vie sociale stable. Le mode de vie séduisit particulièrement certains milieux littéraires et artistes.

Après des études secondaires à la fois brillantes et manifestant son peu de goût pour la discipline, Charles Baudelaire vécut deux années très libres entre 18 et 20 ans, à Paris : il fréquentait très peu ses cours de droit, beaucoup les milieux artistes et littéraires et les prostituées. Effarée par sa conduite, sa famille l'éloigna de Paris en lui offrant un voyage qui le mena à l'île Maurice et à la Réunion pendant dix mois. Son imagination poétique garde une empreinte très profonde de ce périple.

À son retour, il retrouve ses anciens amis et dilapide en partie l'héritage confortable légué par son père. Sa famille intervient encore et lui impose un contrôle rigoureux de ses dépenses. Cette décision est capitale pour le destin de Baudelaire, qui dorénavant vit dans la gêne, fréquente des hôtels parisiens douteux et réclame jusqu'à la fin de sa vie des subsides à sa mère, pour échapper à cette vie précaire.

Il meurt dans la misère à 46 ans, après avoir perdu l'usage de la parole, d'une maladie contractée probablement vers 20 ans.

Paul Verlaine tente lui aussi de faire du droit à l'issue d'honnêtes études secondaires. Il abandonne très vite pour prendre un emploi à l'Hôtel de Ville de Paris. Il fréquente des artistes et des poètes, plus encore les cafés, où il s'enivre régulièrement. Il sombre parfois dans des crises de violence extrême et sa famille pour stabiliser sa vie le pousse à se marier. Il épouse en effet Mathilde, de dix ans plus jeune, à 26 ans. Un an plus tard, il rencontre Rimbaud, jeune poète de 17 ans qui le fascine. Une année encore, et les deux poètes partent pour un voyage mouvementé qui les conduit en Belgique et en Angleterre. Au cours d'une querelle, Verlaine tire sur Rimbaud, le blesse légèrement et est condamné à deux ans de prison en Belgique. Mathilde obtient alors la séparation officielle. Verlaine, dès lors, même s'il retrouve quelque temps des convictions religieuses abandonnées pendant l'adolescence, ne peut plus résister à l'attrait d'une vie aventureuse et débridée. Il passe la plus grande partie de sa vie dans la pauvreté. Malade, il traîne ses dernières années d'hôpital en hôpital. Il meurt à Paris à 52 ans.

Le jeune Arthur Rimbaud termine des études extrêmement brillantes sans passer son baccalauréat : son collège ferme à cause de la guerre de 1870. Dès la classe de 1re, il s'est engagé dans la carrière poétique et dans celle de fugueur. Le milieu provincial de Charleville dans lequel il est confiné, l'ennuie et sa seule idée est de s'en échapper. Ses fugues successives, dès l'âge de 15 ans, le conduisent sur les routes du Nord, en Belgique et finalement à Paris où il va plonger dans le milieu de la bohème. Il y rencontre Verlaine qui l'accueille un temps chez lui : il a alors près de 17 ans. Sa relation avec le poète, son attitude provocatrice, ne lui permettent pas de demeurer chez les Verlaine. Il vagabonde alors dans les rues parisiennes, dormant parfois dehors. Après un court retour à Charleville, il rejoint Verlaine à Paris et ils décident leur folle équipée vers la Belgique et l'Angleterre, qui se termine tragiquement en mars 1873 : Rimbaud a alors 19 ans. De retour dans son milieu familial, il met un terme à son œuvre de poète un an plus tard.

C'est ensuite une vie de négociant qui le conduit notamment vers des pays encore peu connus des Occidentaux, tels que l'Éthiopie et l'Abyssinie : il voulait faire fortune, se marier, avoir un fils. Il ne fit rien de tout cela et mourut d'une chute mal soignée, à l'hôpital de Marseille.

Poètes maudits ?

Baudelaire s'est toujours senti incompris, sous-estimé, d'abord par sa mère. Mais aurait-il mené un genre de vie très différent s'il avait pu gérer librement sa fortune ? Lui qui se voulait « le peintre de la vie moderne » prônait le vagabondage sous toutes ses formes, géographique, sentimental, intellectuel, sensoriel, comme nécessaire pour mieux connaître la nature humaine, dont il désirait se faire le peintre objectif. Sa poésie devait sonder toutes les profondeurs de l'âme humaine, sans concessions et sans voiles, et on comprend alors que son recueil fondamental, *Les Fleurs du mal*, publié la première fois en 1857, ait rencontré l'hostilité de la société bourgeoise de son temps : six poèmes furent censurés pour outrage aux bonnes mœurs. Il en fut profondément affecté et dut lutter jusqu'à la fin de sa vie pour la reconnaissance de l'intégrité de son œuvre. Pourtant à partir de 1866, de jeunes poètes le reconnaissent comme leur maître : Mallarmé, Verlaine...

1866, c'est l'année où Verlaine publie sa première œuvre à 22 ans. L'année précédente il a écrit un article sur Baudelaire dans la revue *L'Art* où il se montrait séduit par l'inquiétude et la nostalgie de l'auteur, son besoin de dépassement et d'idéal. Les deux premiers recueils de Verlaine, *Poèmes saturniens* et *Fêtes galantes* sont effectivement empreints de souvenirs baudelairiens, où domine la mélancolie. *La Bonne Chanson*, recueil composé au moment de ses fiançailles avec Mathilde, témoigne de son effort à trouver un mode de vie plus calme, normalisé. Et son œuvre est toujours tiraillée entre deux aspirations contraires, Dieu et Satan, à l'instar de Baudelaire : *Sagesse*, en 1881, évoque sa conversion pendant son séjour en prison, et *Parallèlement* exalte une vie déréglée et marginale.

L'œuvre de Verlaine n'a commencé à susciter un peu d'enthousiasme chez ses contemporains que dans les années 1880 et 1890. Et ce qui les séduisait c'était justement son aspect bohème. Un de ses admirateurs fut alors l'écrivain Maurice Barrès : « Paul Verlaine fut notre centre de ralliement, à nous tous qui cherchions hors les académies, hors le succès, hors la société même une terre de liberté. » Ses amis l'aidèrent alors à ne pas sombrer plus avant dans la misère de la déchéance alcoolique pendant ses dernières années.

Quant à Rimbaud, sa fulgurante carrière poétique tient en cinq ans. Il revendique son admiration pour Baudelaire « le premier voyant, roi des poètes, un vrai Dieu ». Il radicalise la théorie de Baudelaire en affirmant que la poésie propre à la vie moderne doit se fonder sur l'expérience vécue du dérèglement personnel. C'est ainsi qu'il déclare à Verlaine que leur aventure commune, vécue contre les conventions morales de la société, est un moyen d'atteindre à la vraie liberté. Son œuvre est courte mais déterminante, ce qui en a fait un mythe.

Les trois poètes ont voulu vivre hors des conventions sociales, se sont efforcés aussi de créer une œuvre hors des traditions de la poésie française et chacun a ainsi contribué au renouvellement de cet art. C'est cette force créatrice qui leur a assuré le titre de maître auprès de nombreux poètes et des amateurs de poésie, encore aujourd'hui.

Nos *Voyages en bohème*, ne peuvent explorer tous les aspects que recouvre le thème... Nous avons donc choisi de privilégier ici les vagabondages géographiques et sentimentaux, sur les chemins de la poésie.

CHRONOLOGIE

1821 1896

1821 1896

- Repères historiques et culturels
- Vie et œuvre des poètes

Repères historiques et culturels

1830	Révolution des Trois Glorieuses. Début de la monarchie de Juillet : Louis-Philippe.
1837	Conquête de l'Algérie.
1848	Révolution de Février. Début de la IIe République.
1849	*Scènes de la vie de bohème* de Murger.
1850	Mort de Balzac.
1852	Début du second Empire : Napoléon III.
1855	Courbet, *L'Atelier du peintre*.
1856	Hugo, *Les Contemplations*, recueil de poésies.
1862	Hugo, *Les Misérables*, roman. Zola, débuts littéraires.

Vie et œuvre des poètes

1821	Naissance de Baudelaire à Paris.
1827	Mort du père de Baudelaire.
1828	Remariage de la mère de Baudelaire avec M. Aupick.
1841	Voyage à l'île Maurice et à la Réunion (10 mois).
1842	Baudelaire rencontre Jeanne Duval.
1842-1844	Baudelaire mène une vie de dandy.
1844	Mise en tutelle financière de Baudelaire. Naissance de Verlaine à Metz.
1845-1846	Baudelaire, *Salons* (réflexions esthétiques).
1848	Baudelaire participe à la révolution.
1851	La famille de Verlaine s'installe à Paris.
1854	Naissance de Rimbaud à Charleville.
1856	Baudelaire traduit les *Histoires Extraordinaires* d'Edgar Poe.
1857	Baudelaire, *Les Fleurs du mal* (1re édition).
1858	Verlaine envoie des vers à Victor Hugo.
1860	Disparition du père de Rimbaud. Baudelaire, *Les Paradis artificiels*.
1861	Baudelaire, *Les Fleurs du mal* (2e édition).

Repères historiques et culturels

1870-1871	Guerre contre la Prusse défaite française, fin de l'Empire.
1871	Commune de Paris. IIIe République.
1874-1887	Expositions impressionnistes.
1883	Protectorat français sur l'Indochine.
1896	*La Bohème* de Puccini (opéra) d'après le roman d'Henri Murger.

Vie et œuvre des poètes

1864-1866	Baudelaire voyage en Belgique.
1865	Mort du père de Verlaine.
1866	Verlaine, *Poèmes saturniens* (1re œuvre).
1867	Mort de Baudelaire à Paris.
1868	Baudelaire, *Les Fleurs du mal* (3e édition).
1869	Verlaine, *Fêtes galantes*.
1870-1871	Verlaine épouse Mathilde Mauté. *La Bonne Chanson*. Rimbaud fait des fugues vers la Belgique, Paris…
1871	Rencontre de Verlaine et Rimbaud. Rimbaud, *Le Bateau ivre* (publié en 1883).
1872-1873	Rimbaud et Verlaine voyagent vers la Belgique et l'Angleterre.
1873-1875	Verlaine est en prison en Belgique.
1873	Rimbaud, *Une saison en enfer*.
1874	Verlaine, *Romances sans paroles*. Rimbaud, *Illuminations* (paru en 1886). Voyage en Angleterre.
1875	Dernière rencontre entre Verlaine et Rimbaud à Stuttgart. Verlaine enseigne en Angleterre le français et le dessin.
1875-1891	Rimbaud voyage (Italie, Java, Vienne, Danemark, Suède, Chypre, Égypte, Éthiopie, Abyssinie…).
1880	Verlaine, *Sagesse*.
1884	Verlaine, *Jadis et Naguère*.
1885	Verlaine revient à Paris et mène une vie de bohême.
1889	Verlaine, *Parallèlement*.
1891	Mort de Rimbaud à Marseille.
1896	Mort de Verlaine à Paris.

Voyages en bohème

1.
VERLAINE
Jadis et Naguère (1866)

L'auberge

Murs blancs, toit rouge, c'est l'Auberge fraîche au bord
Du grand chemin poudreux [1] où le pied brûle et saigne,
L'Auberge gaie avec le *Bonheur* pour enseigne.
Vin bleu, pain tendre, et pas besoin de passeport.

Ici l'on fume, ici l'on chante, ici l'on dort.
L'hôte est un vieux soldat, et l'hôtesse qui peigne
Et lave dix marmots roses et pleins de teigne [2]
Parle d'amour, de joie et d'aise, et n'a pas tort !

La salle au noir plafond de poutres, aux images
Violentes, *Maleck Adel* [3] et les *Rois Mages*,
Vous accueille d'un bon parfum de soupe aux choux.

Entendez-vous ? C'est la marmite qu'accompagne
L'horloge du tic-tac allègre de son pouls.
Et la fenêtre s'ouvre au loin sur la campagne.

---

1. *Poudreux* : poussiéreux.
2. *Teigne* : maladie de peau.
3. *Malek Adel* : héros d'un roman oublié de Mme Cottin (1805).

Bibliothèque nationale.

■ Rimbaud croqué par Verlaine.

2.
RIMBAUD
(1870)

Au Cabaret-Vert, cinq heures du soir

Depuis huit jours, j'avais déchiré mes bottines
Aux cailloux des chemins. J'entrais à Charleroi.
– *Au Cabaret-Vert* : je demandai des tartines
De beurre et du jambon qui fût à moitié froid.

Bienheureux, j'allongeai les jambes sous la table
Verte : je contemplai les sujets très naïfs
De la tapisserie. – Et ce fut adorable,
Quand la fille aux tétons énormes, aux yeux vifs,

– Celle-là, ce n'est pas un baiser qui l'épeure[1] ! –
Rieuse, m'apporta des tartines de beurre,
Du jambon tiède, dans un plat colorié,

Du jambon rose et blanc parfumé d'une gousse
D'ail, – et m'emplit la chope immense, avec sa mousse,
Que dorait un rayon de soleil arriéré.

1. ***L'épeure*** : lui fait peur.

Bibliothèque nationale.

■ *Les voyages forment la jeunesse* ; Rimbaud dessiné par Verlaine.

3.
RIMBAUD
(1870)

Ma bohème

(*Fantaisie*)

Je m'en allais, les poings dans mes poches crevées ;
Mon paletot aussi devenait idéal[1] ;
J'allais sous le ciel, Muse ! et j'étais ton féal[2] ;
Oh ! là là ! que d'amours splendides j'ai rêvées !

Mon unique culotte avait un large trou.
– Petit-Poucet rêveur, j'égrenais dans ma course
Des rimes. Mon auberge était à la Grande-Ourse.
– Mes étoiles au ciel avaient un doux frou-frou

Et je les écoutais, assis au bord des routes,
Ces bons soirs de septembre où je sentais des gouttes
De rosée à mon front, comme un vin de vigueur[3] ;

Où, rimant au milieu des ombres fantastiques,
Comme des lyres, je tirais les élastiques
De mes souliers blessés, un pied près de mon cœur !

---

1. ***Idéal*** : réduit à une idée, immatériel.
2. ***Féal*** : serviteur dévoué dans la chevalerie et la poésie courtoise.
3. ***Vin de vigueur*** : élixir.

4.
VERLAINE
Poèmes saturniens (1866)

Grotesques [1]

Leurs jambes pour toutes montures,
Pour tous biens l'or de leurs regards,
Par le chemin des aventures
Ils vont haillonneux et hagards.

Le sage, indigné, les harangue [2] ;
Le sot plaint ces fous hasardeux ;
Les enfants leur tirent la langue
Et les filles se moquent d'eux.

C'est qu'odieux et ridicules,
Et maléfiques en effet,
Ils ont l'air, sur les crépuscules,
D'un mauvais rêve que l'on fait ;

C'est que, sur leurs aigres guitares
Crispant la main des libertés,
Ils nasillent des chants bizarres,
Nostalgiques et révoltés ;

---

1. ***Grotesques*** : personnages fantasques, caricaturaux.
2. ***Harangue*** : fait de longues remontrances ennuyeuses.

C'est enfin que dans leurs prunelles
Rit et pleure – fastidieux –
L'amour des choses éternelles,
Des vieux morts et des anciens dieux !

– Donc, allez, vagabonds sans trêves,
Errez, funestes et maudits,
Le long des gouffres et des grèves [1],
Sous l'œil fermé des paradis !

La nature à l'homme s'allie
Pour châtier comme il le faut
L'orgueilleuse mélancolie
Qui vous fait marcher le front haut,

Et, vengeant sur vous le blasphème [2]
Des vastes espoirs véhéments,
Meurtrit votre front anathème [3]
Au choc rude des éléments.

Les juins brûlent et les décembres
Gèlent votre chair jusqu'aux os,
Et la fièvre envahit vos membres
Qui se déchirent aux roseaux.

---

1. ***Grèves*** : rivages.
2. ***Blasphème*** : parole déplacée et outrageante.
3. ***Anathème*** : frappé de condamnation. La strophe : la nature se venge de vous, qui la bravez sans crainte, en vous faisant subir, signe de condamnation, toutes les intempéries.

Tout vous repousse et tout vous navre[1],
Et quand la mort viendra pour vous,
Maigre et froide, votre cadavre
Sera dédaigné par les loups !

1. ***Navre*** : blesse.

■ *Bohémiens en marche*, gravure de Callot (1592-1635). Baudelaire a composé le poème « Bohémiens en voyage » en s'inspirant de cette gravure de Callot.

5.
BAUDELAIRE
Les Fleurs du mal (avant 1852)

Bohémiens en voyage

La tribu prophétique [1] aux prunelles ardentes
Hier s'est mise en route, emportant ses petits
Sur son dos, ou livrant à leurs fiers appétits
Le trésor toujours prêt des mamelles pendantes.

Les hommes vont à pied sous leurs armes luisantes
Le long des chariots où les leurs sont blottis,
Promenant sur le ciel des yeux appesantis
Par le morne regret des chimères absentes [2].

Du fond de son réduit sablonneux, le grillon,
Les regardant passer, redouble sa chanson ;
Cybèle [3], qui les aime, augmente ses verdures,

Fait couler le rocher et fleurir le désert [4]
Devant ces voyageurs, pour lesquels est ouvert
L'empire familier des ténèbres futures.

---

1. ***Prophétique*** : capable de lire l'avenir.
2. ***Chimères absentes*** : espoirs non réalisés.
3. ***Cybèle*** : déesse de la nature.
4. ***Fait couler le rocher et fleurir le désert*** : allusion à Moïse qui fit jaillir l'eau du rocher pendant la traversée du désert par les Juifs (Ancien Testament).

La bohème littéraire et artistique au XIXᵉ siècle

Au début du XIXᵉ siècle, le terme « bohème » s'emploie au sujet des marginaux, qu'ils soient des vagabonds et des bandits ou des poètes et des artistes.
La bohème littéraire et artistique désigne alors une jeunesse qui se place délibérément en marge de la société bourgeoise pour affirmer sa liberté de penser et de créer, profitant des plaisirs de l'existence avec insouciance et légèreté, et vivant dans le dénuement.

▶ Sébastien Dulac, *Bohème*, 1831.

◀ Charles Edward Conder, *La Vie de bohème*, 1888-1909.

De la réalité au mythe

Occupant les cabarets et les ateliers mansardés de la butte Montmartre, cette bohème a fortement nourri l'imaginaire des artistes eux-mêmes. Ainsi la littérature, le théâtre, l'opéra, la peinture... ont-ils donné naissance au mythe de l'artiste bohème.
L'écrivain Henri Murger a fortement participé à construire ce dernier en consacrant plusieurs de ses nouvelles à la vie de bohème (réunies en recueil en 1851 sous le titre *Scènes de la vie de bohème*). En 1849, il illustre celle-ci sur les planches avec la collaboration du dramaturge Théodore Barrière. Si l'œuvre de Murger est aujourd'hui peu connue, elle a donné lieu à l'opéra de Puccini, mondialement célèbre, *La Bohème* (1896).

▶ Illustration pour le premier acte de *La Vie de bohème* au théâtre des Variétés, en 1849.
Cette pièce, composée par Henri Murger et Théodore Barrière, décrit le quotidien d'étudiants du Quartier latin, joyeux et bons vivants quoique sans le sou, parmi lesquels le poète Rodolphe. Ce dernier se passionne pour Mimi, une jeune couturière. Or Mimi tombe gravement malade. Elle meurt, faute de soins, dans leur mansarde : la jeune femme symbolise le caractère éphémère et périlleux de la vie de bohème.

▶ Mort de Mimi dans l'opéra de Puccini, *La Bohème* (mise en scène de Gian-Carlo Menotti et Humbert Camerlo à l'Opéra Garnier, à Paris, en 1983).

Poètes maudits et artistes refusés

L'image de l'artiste bohème s'accompagne inévitablement de celle de l'artiste maudit vivant en marge d'une société dans laquelle il ne se reconnaît pas et dont il n'est pas reconnu. Ainsi en va-t-il de Rimbaud, Verlaine et Baudelaire.

▶ Octave Tassaert, *Intérieur d'atelier*, 1845.

▼ Ferdinand-Auguste Cazals, *Verlaine à Broussais*, 1890.

Jusqu'à la fin de son existence, Verlaine incarne la figure du « poète maudit », qui refuse de se compromettre avec la société bourgeoise de son temps, hermétique à son talent hors norme, et préfère mener une vie de vagabond. Malade et dévasté par l'alcool, il est ici représenté à l'hôpital Broussais où il effectua de nombreux séjours à partir de 1889.

En 1846, certains tableaux de Courbet sont rejetés par le Salon de peinture et de sculpture, qui expose les œuvres retenues par le jury de l'Académie des beaux-arts. Parmi les toiles écartées figure le célèbre autoportrait du peintre, *L'Homme à la pipe*. Ce refus provoque la colère de Baudelaire, qui voit dans Courbet le peintre de l'homme moderne. À partir de 1855, l'artiste décide d'organiser lui-même les expositions de ses œuvres réalistes. En 1863, Napoléon III autorise la tenue d'un Salon des Refusés, qui accueille les peintres que le Salon officiel a rejetés, jugeant leurs œuvres trop originales ou trop subversives. Parmi eux se trouvent Édouard Manet, qui expose son *Déjeuner sur l'herbe*, et le caricaturiste Honoré Daumier.

▶ Gustave Courbet, *Autoportrait* ou *L'Homme à la pipe*, v. 1846-1848.

Collection particulière

▼ Honoré Daumier, « Ingrate patrie, tu n'auras pas mon œuvre ! », 1840.

Collection particulière

Création Studio Flammarion

Questions

1. Décrivez l'atelier et le peintre représentés par Octave Tassaert, p. 3 du cahier photos. Quelles impressions se dégagent de ce tableau ?
2. Rapprochez cette représentation de celle de Daumier ci-contre. Quel ton adopte la caricature, contrairement au tableau d'Octave Tassaert ?
3. Quelle vision de l'artiste nous offre Gustave Courbet dans son autoportrait ?

6.
VERLAINE
Paysages belges (1872)

Malines[1]

Vers les prés le vent cherche noise[2]
Aux girouettes, détail fin
Du château de quelque échevin[3],
Rouge de brique et bleu d'ardoise,
Vers les prés clairs, les prés sans fin…

Comme les arbres des féeries
Des frênes, vagues frondaisons,
Échelonnent mille horizons
À ce Sahara de prairies,
Trèfle, luzerne et blancs gazons.

Les wagons filent en silence
Parmi ces sites apaisés.
Dormez, les vaches ! Reposez,
Doux taureaux de la plaine immense,
Sous vos cieux à peine irisés !

---

1. ***Malines*** : dentelles très fines, à fleurs brodées de Malines, ville belge.
2. ***Noise*** : querelle.
3. ***Échevin*** : magistrat communal en Belgique.

Le train glisse sans un murmure,
Chaque wagon est un salon
Où l'on cause bas et d'où l'on
Aime à loisir cette nature
Faite à souhait pour Fénelon [1].

1. ***Fénelon*** (1651-1715) : dans *Le Voyage de Télémaque*, Fénelon décrit des paysages inspirés surtout de peintures versaillaises, c'est-à-dire peu véridiques.

7.
RIMBAUD
(1870)

Rêvé pour l'hiver

L'hiver, nous irons dans un petit wagon rose
Avec des coussins bleus.
Nous serons bien. Un nid de baisers fous repose
Dans chaque coin moelleux.

Tu fermeras l'œil, pour ne point voir, par la glace,
Grimacer les ombres des soirs,
Ces monstruosités hargneuses, populace
De démons noirs et de loups noirs.

Puis tu te sentiras la joue égratignée…
Un petit baiser, comme une folle araignée,
Te courra dans le cou…

Et tu me diras : « Cherche ! » en inclinant la tête,
– Et nous prendrons du temps à trouver cette bête
– Qui voyage beaucoup…

8.
VERLAINE
La Bonne Chanson (1870)

VII

Le paysage dans le cadre des portières
Court furieusement, et des plaines entières
Avec de l'eau, des blés, des arbres et du ciel
Vont s'engouffrant parmi le tourbillon cruel
Où tombent les poteaux minces du télégraphe
Dont les fils ont l'allure étrange d'un paraphe[1].

Une odeur de charbon qui brûle et d'eau qui bout,
Tout le bruit que feraient mille chaînes au bout
Desquelles hurleraient mille géants qu'on fouette ;
Et tout à coup des cris prolongés de chouette.

– Que me fait tout cela, puisque j'ai dans les yeux
La blanche vision qui fait mon cœur joyeux,
Puisque la douce voix pour moi murmure encore,
Puisque le Nom si beau, si noble et si sonore
Se mêle, pur pivot de tout ce tournoiement,
Au rythme du wagon brutal, suavement.

---

1. ***Paraphe*** : signature.

9.
BAUDELAIRE
Les Fleurs du mal (1855)

Mœsta et Errabunda [1]

Dis-moi, ton cœur parfois s'envole-t-il, Agathe,
Loin du noir océan de l'immonde cité,
Vers un autre océan où la splendeur éclate,
Bleu, clair, profond, ainsi que la virginité ?
Dis-moi, ton cœur parfois s'envole-t-il, Agathe ?

La mer, la vaste mer, console nos labeurs !
Quel démon a doté la mer, rauque chanteuse
Qu'accompagne l'immense orgue des vents grondeurs,
De cette fonction sublime de berceuse ?
La mer, la vaste mer, console nos labeurs !

Emporte-moi, wagon ! enlève-moi, frégate [2] !
Loin ! loin ! ici la boue est faite de nos pleurs !
– Est-il vrai que parfois le triste cœur d'Agathe
Dise : Loin des remords, des crimes, des douleurs,
Emporte-moi, wagon, enlève-moi, frégate ?

1. ***Moesta et errabunda*** : triste et vagabonde (l'âme du poète ou la femme ?).
2. ***Frégate*** : bateau de guerre à trois mâts.

Comme vous êtes loin, paradis parfumé,
Où sous un clair azur tout n'est qu'amour et joie,
Où tout ce que l'on aime est digne d'être aimé,
Où dans la volupté pure le cœur se noie !
Comme vous êtes loin, paradis parfumé !

Mais le vert paradis des amours enfantines,
Les courses, les chansons, les baisers, les bouquets,
Les violons vibrant derrière les collines,
Avec les brocs de vin, le soir, dans les bosquets,
– Mais le vert paradis des amours enfantines,

L'innocent paradis, plein de plaisirs furtifs,
Est-il déjà plus loin que l'Inde et que la Chine ?
Peut-on le rappeler avec des cris plaintifs,
Et l'animer encor d'une voix argentine,
L'innocent paradis plein de plaisirs furtifs ?

10.
BAUDELAIRE
Les Fleurs du mal (1857)

L'invitation au voyage

Mon enfant, ma sœur,
Songe à la douceur
D'aller là-bas vivre ensemble !
Aimer à loisir,
Aimer et mourir
Au pays qui te ressemble !
Les soleils mouillés
De ces ciels brouillés
Pour mon esprit ont les charmes
Si mystérieux
De tes traîtres yeux,
Brillant à travers leurs larmes.

Là, tout n'est qu'ordre et beauté,
Luxe, calme et volupté.

Des meubles luisants,
Polis par les ans,
Décoreraient notre chambre ;
Les plus rares fleurs
Mêlant leurs odeurs
Aux vagues senteurs de l'ambre[1],

1. ***Ambre*** : substance parfumée d'origine animale.

Les riches plafonds,
Les miroirs profonds,
La splendeur orientale,
Tout y parlerait
À l'âme en secret
Sa douce langue natale.

Là, tout n'est qu'ordre et beauté,
Luxe, calme et volupté.

Vois sur ces canaux
Dormir ces vaisseaux
Dont l'humeur est vagabonde ;
C'est pour assouvir
Ton moindre désir
Qu'ils viennent du bout du monde.
– Les soleils couchants
Revêtent les champs,
Les canaux, la ville entière,
D'hyacinthe [1] et d'or ;
Le monde s'endort
Dans une chaude lumière.

Là, tout n'est qu'ordre et beauté,
Luxe, calme et volupté.

1. ***Hyacinthe*** : pierre précieuse jaune rougeâtre.

■ *Canal à Rotterdam* de Johan Jongkind (1819-1891).

Bibliothèque nationale.

■ *Femme à l'éventail*, Constantin Guys.

11.
BAUDELAIRE
Les Fleurs du mal (1860)

À une passante

La rue assourdissante autour de moi hurlait.
Longue, mince, en grand deuil, douleur majestueuse,
Une femme passa, d'une main fastueuse
Soulevant, balançant le feston et l'ourlet ;

Agile et noble, avec sa jambe de statue.
Moi, je buvais, crispé comme un extravagant,
Dans son œil, ciel livide où germe l'ouragan,
La douleur qui fascine et le plaisir qui tue.

Un éclair… puis la nuit ! – Fugitive beauté
Dont le regard m'a fait soudainement renaître,
Ne te verrai-je plus que dans l'éternité ?

Ailleurs, bien loin d'ici ! trop tard ! *jamais* peut-être !
Car j'ignore où tu fuis, tu ne sais où je vais,
Ô toi que j'eusse aimée, ô toi qui le savais !

12.
RIMBAUD
(1870)

Roman

I

On n'est pas sérieux, quand on a dix-sept ans.
– Un beau soir, foin des bocks et de la limonade,
Des cafés tapageurs aux lustres éclatants !
– On va sous les tilleuls verts de la promenade.

Les tilleuls sentent bon dans les bons soirs de juin !
L'air est parfois si doux, qu'on ferme la paupière ;
Le vent chargé de bruits, – la ville n'est pas loin, –
A des parfums de vigne et des parfums de bière...

II

– Voilà qu'on aperçoit un tout petit chiffon
D'azur sombre, encadré d'une petite branche,
Piqué d'une mauvaise étoile, qui se fond
Avec de doux frissons, petite et toute blanche...

Nuit de juin ! Dix-sept ans ! – On se laisse griser.
La sève est du champagne et vous monte à la tête...
On divague ; on se sent aux lèvres un baiser
Qui palpite là, comme une petite bête...

III

Le cœur fou Robinsonne à travers les romans,
– Lorsque, dans la clarté d'un pâle réverbère,
Passe une demoiselle aux petits airs charmants,
Sous l'ombre du faux-col effrayant de son père…

Et, comme elle vous trouve immensément naïf,
Tout en faisant trotter ses petites bottines,
Elle se tourne, alerte et d'un mouvement vif…
– Sur vos lèvres alors meurent les cavatines[1]…

IV

Vous êtes amoureux. Loué jusqu'au mois d'août.
Vous êtes amoureux. – Vos sonnets La font rire.
Tous vos amis s'en vont, vous êtes *mauvais goût*.
– Puis l'adorée, un soir, a daigné vous écrire… !

– Ce soir-là,… – vous rentrez aux cafés éclatants,
Vous demandez des bocks ou de la limonade…
– On n'est pas sérieux, quand on a dix-sept ans
Et qu'on a des tilleuls verts sur la promenade.

---

1. ***Cavatines*** : pièces vocales assez courtes dans un opéra.

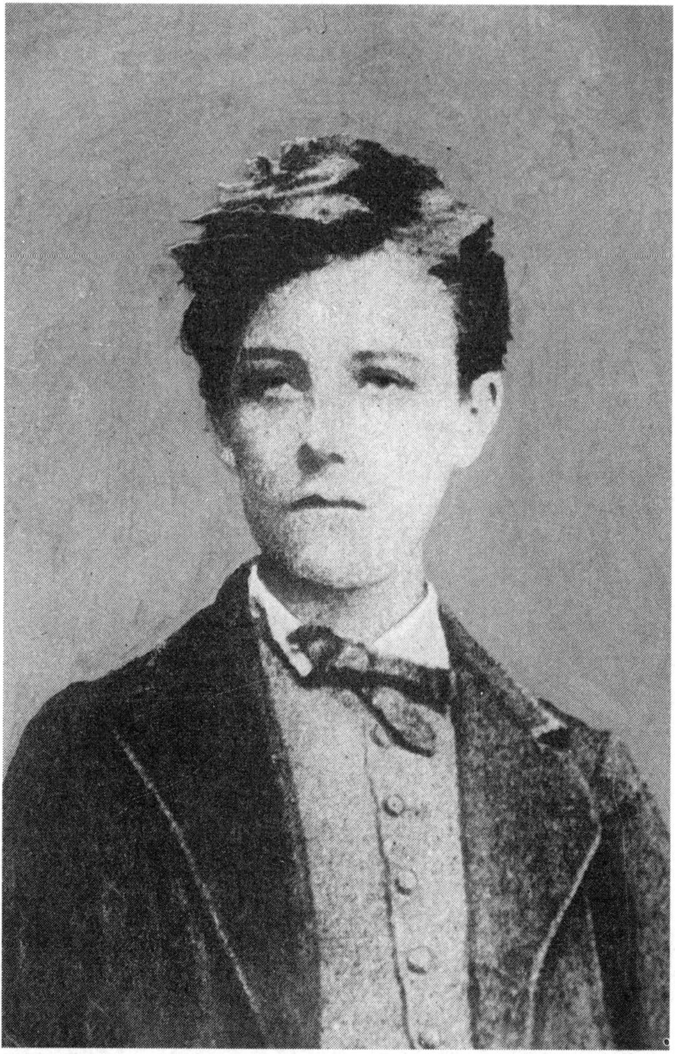

■ Portait d'Arthur Rimbaud à l'âge de 17 ans par Carjat.

■ Jeanne Duval par Charles Baudelaire (1865). Le poème « Le serpent qui danse » a été inspiré par Jeanne Duval, femme métisse, longtemps compagne du poète.

13.
BAUDELAIRE
Les Fleurs du mal (1857)

Le serpent qui danse

Que j'aime voir, chère indolente,
De ton corps si beau,
Comme une étoffe vacillante,
Miroiter la peau !

Sur ta chevelure profonde
Aux âcres parfums,
Mer odorante et vagabonde
Aux flots bleus et bruns,

Comme un navire qui s'éveille
Au vent du matin,
Mon âme rêveuse appareille
Pour un ciel lointain.

Tes yeux, où rien ne se révèle
De doux ni d'amer,
Sont deux bijoux froids où se mêle
L'or avec le fer.

À te voir marcher en cadence,
Belle d'abandon,
On dirait un serpent qui danse
Au bout d'un bâton.

Sous le fardeau de ta paresse
Ta tête d'enfant
Se balance avec la mollesse
D'un jeune éléphant,

Et ton corps se penche et s'allonge
Comme un fin vaisseau
Qui roule bord sur bord et plonge
Ses vergues dans l'eau.

Comme un flot grossi par la fonte
Des glaciers grondants,
Quand l'eau de ta bouche remonte
Au bord de tes dents,

Je crois boire un vin de Bohême,
Amer et vainqueur,
Un ciel liquide qui parsème
D'étoiles mon cœur !

14.
BAUDELAIRE
Les Fleurs du mal (1859)

La chevelure

Ô toison, moutonnant jusque sur l'encolure !
Ô boucles ! Ô parfum chargé de nonchaloir [1] !
Extase ! Pour peupler ce soir l'alcôve obscure
Des souvenirs dormant dans cette chevelure,
Je la veux agiter dans l'air comme un mouchoir !

La langoureuse Asie et la brûlante Afrique,
Tout un monde lointain, absent, presque défunt,
Vit dans tes profondeurs, forêt aromatique !
Comme d'autres esprits voguent sur la musique,
Le mien, ô mon amour ! nage sur ton parfum.

J'irai là-bas où l'arbre et l'homme, pleins de sève,
Se pâment longuement sous l'ardeur des climats ;
Fortes tresses, soyez la houle qui m'enlève !
Tu contiens, mer d'ébène, un éblouissant rêve
De voiles, de rameurs, de flammes et de mâts :

1. ***Nonchaloir*** : nonchalance (déjà vieilli au XIXe siècle).

Un port retentissant où mon âme peut boire
À grands flots le parfum, le son et la couleur ;
Où les vaisseaux, glissants dans l'or et dans la moire[1],
Ouvrent leurs vastes bras pour embrasser la gloire
D'un ciel pur où frémit l'éternelle chaleur.

Je plongerai ma tête amoureuse d'ivresse
Dans ce noir océan où l'autre est enfermé ;
Et mon esprit subtil que le roulis caresse
Saura vous retrouver, ô féconde paresse,
Infinis bercements du loisir embaumé !

Cheveux bleus, pavillon de ténèbres tendues,
Vous me rendez l'azur du ciel immense et rond ;
Sur les bords duvetés de vos mèches tordues
Je m'enivre ardemment des senteurs confondues
De l'huile de coco, du musc[2] et du goudron.

Longtemps ! toujours ! ma main dans ta crinière lourde
Sèmera le rubis, la perle et le saphir,
Afin qu'à mon désir tu ne sois jamais sourde !
N'es-tu pas l'oasis où je rêve, et la gourde
Où je hume à longs traits le vin du souvenir ?

---

1. ***Moire*** : tissu comportant des parties mates et d'autres brillantes.
2. ***Musc*** : parfum préparé à partir de la sécrétion très odorante des glandes abbominales d'un cervidé.

■ Portrait de Baudelaire.

Bibliothèque nationale.

■ Verlaine.

15.
VERLAINE
Poèmes saturniens (1866)

Nocturne parisien

Roule, roule ton flot indolent, morne Seine. –
Sous tes ponts qu'environne une vapeur malsaine
Bien des corps ont passé, morts, horribles, pourris,
Dont les âmes avaient pour meurtrier Paris.
Mais tu n'en traînes pas, en tes ondes glacées,
Autant que ton aspect m'inspire de pensées !

Le Tibre [1] a sur ses bords des ruines qui font
Monter le voyageur vers un passé profond,
Et qui, de lierre noir et de lichen couvertes,
Apparaissent, tas gris, parmi les herbes vertes.
Le gai Guadalquivir [2] rit aux blonds orangers
Et reflète, les soirs, des boléros légers.
Le Pactole [3] a son or, le Bosphore [4] a sa rive
Où vient faire son kief [5] l'odalisque [6] lascive.
Le Rhin est un burgrave [7], et c'est un troubadour

---

1. ***Tibre*** : fleuve qui arrose Rome.
2. ***Guadalquivir*** : fleuve qui arrose Séville (Espagne).
3. ***Pactole*** : rivière d'Asie Mineure. Les paillettes d'or qu'il roulait ont enrichi le roi Crésus.
4. ***Bosphore*** : détroit sur le bord duquel se trouve Istanbul (Turquie).
5. ***Kief*** : sieste.
6. ***Odalisque*** : femme de harem.
7. ***Burgrave*** : commandant d'une ville.

Que le Lignon[1], et c'est un ruffian que l'Adour[2].
Le Nil, au bruit plaintif de ses eaux endormies,
Berce de rêves doux le sommeil des momies.
Le grand Meschascébé[3], fier de ses joncs sacrés,
Charrie augustement ses îlots mordorés,
Et soudain, beau d'éclairs, de fracas et de fastes,
Splendidement s'écroule en Niagaras vastes.
L'Eurotas[4], où l'essaim des cygnes familiers
Mêle sa grâce blanche au vert mat des lauriers,
Sous son ciel clair que raie un vol de gypaète[5],
Rythmique et caressant, chante ainsi qu'un poète.
Enfin, Ganga[6], parmi les hauts palmiers tremblants
Et les rouges padmas[7], marche à pas fiers et lents
En appareil royal, tandis qu'au loin la foule
Le long des temples va hurlant, vivante houle,
Au claquement massif des cymbales de bois,
Et qu'accroupi, filant ses notes de hautbois,
Du saut de l'antilope agile attendant l'heure,
Le tigre jaune au dos rayé s'étire et pleure.
[…]

1. ***Lignon*** : rivière du Massif central sur les bords de laquelle Honoré d'Urfé a placé *L'Astrée*.
2. ***Adour*** : rivière du sud-ouest de la France.
3. ***Meschascébé*** : ancien nom du Missisipi.
4. ***Eurotas*** : fleuve qui arrose Sparte (Grèce).
5. ***Gypaète*** : grand rapace diurne.
6. ***Ganga*** : le Gange, fleuve sacré de l'Inde.
7. ***Padmas*** : lotus roses, abondamment utilisés dans l'iconographie bouddhique.

16.
BAUDELAIRE
Les Fleurs du mal (1860)

Rêve parisien

I

De ce terrible paysage,
Tel que jamais mortel n'en vit,
Ce matin encore l'image,
Vague et lointaine, me ravit.

Le sommeil est plein de miracles !
Par un caprice singulier,
J'avais banni de ces spectacles
Le végétal irrégulier,

Et, peintre fier de mon génie,
Je savourais dans mon tableau
L'enivrante monotonie
Du métal, du marbre et de l'eau.

Babel[1] d'escaliers et d'arcades,
C'était un palais infini,
Plein de bassins et de cascades
Tombant dans l'or mat ou bruni ;

1. ***Babel*** : Babylone (Mésopotamie).

Et des cataractes[1] pesantes,
Comme des rideaux de cristal,
Se suspendaient, éblouissantes,
À des murailles de métal.

Non d'arbres, mais de colonnades
Les étangs dormants s'entouraient,
Où de gigantesques naïades,
Comme des femmes, se miraient.

Des nappes d'eau s'épanchaient, bleues,
Entre des quais roses et verts,
Pendant des millions de lieues,
Vers les confins de l'univers ;

C'étaient des pierres inouïes
Et des flots magiques ; c'étaient
D'immenses glaces éblouies
Par tout ce qu'elles reflétaient !

Insouciants et taciturnes,
Des Ganges[2], dans le firmament,
Versaient le trésor de leurs urnes[3]
Dans des gouffres de diamant.

Architecte de mes féeries,
Je faisais, à ma volonté,
Sous un tunnel de pierreries
Passer un océan dompté ;

---

1. ***Cataractes*** : chutes d'eau.
2. ***Le Gange*** : fleuve indien.
3. ***Urnes*** : vases.

Et tout, même la couleur noire,
Semblait fourbi, clair, irisé ;
Le liquide enchâssait sa gloire
Dans le rayon cristallisé.

Nul astre d'ailleurs, nuls vestiges
De soleil, même au bas du ciel,
Pour illuminer ces prodiges,
Qui brillaient d'un feu personnel !

Et sur ces mouvantes merveilles
Planait (terrible nouveauté !
Tout pour l'œil, rien pour les oreilles !)
Un silence d'éternité.

II

En rouvrant mes yeux pleins de flamme
J'ai vu l'horreur de mon taudis,
Et senti, rentrant dans mon âme,
La pointe des soucis maudits ;

La pendule aux accents funèbres
Sonnait brutalement midi,
Et le ciel versait des ténèbres
Sur le triste monde engourdi.

17.
BAUDELAIRE
Les Fleurs du mal

Le voyage

I

Pour l'enfant, amoureux de cartes et d'estampes[1],
L'univers est égal à son vaste appétit.
Ah ! que le monde est grand à la clarté des lampes !
Aux yeux du souvenir que le monde est petit !

Un matin nous partons, le cerveau plein de flamme,
Le cœur gros de rancune et de désirs amers,
Et nous allons, suivant le rythme de la lame,
Berçant notre infini sur le fini des mers :

Les uns, joyeux de fuir une patrie infâme ;
D'autres, l'horreur de leurs berceaux, et quelques-uns,
Astrologues noyés dans les yeux d'une femme,
La Circé[2] tyrannique aux dangereux parfums.

1. ***Estampes*** : gravures.
2. ***Circé*** : magicienne qui, dans *L'Odyssée*, transforma les compagnons d'Ulysse en bêtes.

Pour n'être pas changés en bêtes, ils s'enivrent
D'espace et de lumière et de cieux embrasés ;
La glace qui les mord, les soleils qui les cuivrent,
Effacent lentement la marque des baisers.

Mais les vrais voyageurs sont ceux-là seuls qui partent
Pour partir ; cœurs légers, semblables aux ballons,
De leur fatalité jamais ils ne s'écartent,
Et sans savoir pourquoi, disent toujours : Allons !

Ceux-là dont les désirs ont la forme des nues,
Et qui rêvent, ainsi qu'un conscrit le canon,
De vastes voluptés, changeantes, inconnues,
Et dont l'esprit humain n'a jamais su le nom !

DOSSIER

- Autour des poèmes
- Glossaire

Poèmes 1, 2, 3

Un vagabondage joyeux

Rendez à César ce qui est à César ! Le bonheur du vagabondage est fait de choses simples pour les deux poètes. Rendez à chacun ses vœux !

« l'Auberge fraîche » •	
« Du jambon tiède » •	
« la chope immense, avec sa mousse » •	
« vin bleu, pain tendre » •	
« Ici, l'on fume, ici l'on chante, ici l'on dort » •	
« un bon parfum de soupe aux choux » •	• Verlaine
	• Rimbaud
« des tartines de beurre » •	
« la fille aux tétons énormes, aux yeux vifs » •	
« ... la marmite qu'accompagne / L'horloge du tic-tac allègre / de son pouls » •	
« un plat colorié » •	

Un même détail suggère, dans les trois poèmes, le mode de vagabondage choisi par les deux poètes. Quel est-il ?

....

Contrainte et liberté

« Prends l'éloquence et tords-lui son cou » a écrit Verlaine dans son *Art poétique*.

Trouvez trois formules qui paraissent plutôt familières ou qui relèvent de l'oral.

....
....
....

Dans « Ma Bohème » (p. 23), de quoi la liberté du poète est-elle faite ?

A. de solitude.
B. de vie dans la nature.
C. d'argent à volonté.
D. de rêves.
E. du choix de son itinéraire de voyage.
F. de poésie.
G. d'errance sans but.

Poèmes 4, 5

Chemineaux et bohémiens

1. Pourquoi les chemineaux sont-ils mal-aimés ?

A. parce qu'ils sont dangereux
B. parce qu'ils sont mal habillés
C. parce qu'ils ont une vie plus intéressante
D. parce qu'ils ne travaillent pas
E. parce qu'ils volent les enfants
F. parce qu'ils sont libres
G. parce qu'ils n'ont aucun souci
H. parce qu'ils vivent en marge de la société

2. Par qui les chemineaux sont-ils mal-aimés ?

A. par les femmes
B. par les filles
C. par les gendarmes
D. par les enfants
E. par les riches
F. par les moralistes
G. par le poète

Verlaine admirateur de Baudelaire

Reliez les expressions qui se font écho d'un auteur à l'autre.

Verlaine	Baudelaire
« l'or de leurs regards » •	
« L'amour des choses éternelles, Des vieux morts et des anciens dieux » •	• « aux prunelles ardentes »
« dans leurs prunelles » •	• « L'empire familier des ténèbres futures »
« L'orgueilleuse mélancolie » •	• « le morne regret »
	• « le trésor toujours prêt... »

Poèmes 6, 7, 8

Voyager

Quel est le moyen de locomotion choisi dans ces 3 poèmes ?

A. la diligence
B. le chemin de fer
C. la bicyclette

Le plaisir du voyage est-il le même dans les 3 poèmes ? Rendez à chaque poème le plaisir qui lui convient...

C'est un petit coin où l'on oublie le monde •	
On y a un fauteuil d'où l'on observe la nature •	• poème 6
On peut y faire des rencontres intéressantes •	• poème 7
On y est tranquille pour rêver à loisir •	• poème 8

Quels sont les mètres choisis par les poètes ?

Alexandrins •	• poème 6
Octosyllabes •	• poème 7
Demi-alexandrins •	• poème 8
Décasyllabes •	

Chacun des deux vers suivants comporte une diérèse. Placez-la où il convient...

« Court furieusement, et les plaines entières »
« Et tout à coup des cris prolongés de chouette »

Poème 7

Voici quelques expressions du poème.
Quelles sont celles qui évoquent l'intérieur, puis l'extérieur du wagon ?

« grimacer les ombres des soirs » •	
« des coussins bleus » •	
« chaque coin moelleux » •	
« populace de démons noirs et de loups noirs » •	• intérieur
« un nid » •	• extérieur
« petit wagon rose » •	
« ces monstruosités hargneuses » •	

Poème 9

Le bonheur selon Baudelaire

1. En vous aidant de la préface, identifiez les thèmes baudelairiens présents dans ce poème.

A. nostalgie, mélancolie
B. exaltation de la jeunesse
C. évocation du bonheur
D. amour de la nature
E. goût du voyage
F. rejet de la noirceur quotidienne

2. L'évocation nostalgique du bonheur : quels en sont les éléments pour Baudelaire ?

A. la richesse
B. l'exotisme
C. la mer
D. l'enfance, la jeunesse
E. le farniente, la plage
F. le voyage
G. la pureté
H. le soleil, la lumière
I. l'amour
J. la liberté
K. le scandale

Après la tempête, ces vers magnifiques sont décoiffés... Remettez-y de l'ordre.

Vous / comme / parfumé, / êtes / paradis / loin,
Tout / azur / sous / un / amour / n'est qu' / joie / clair / où / et

....

....

Des amours / mais / vert / le / paradis / enfantines

....

Les / collines / vibrant / derrière / les / violons

....

Poèmes 10, 11, 12, 13, 14

L'amour bohème

1. Quelles qualités Baudelaire recherche-t-il dans la femme aimée ?

A. elle le console
B. elle le fait voyager
C. elle aime les choses simples
D. elle le fait rêver
E. elle est belle
F. elle l'aime
G. elle aime le luxe
H. elle est séductrice
I. elle est maternelle et douce
J. elle est « super-woman » active et dynamique

2. En quoi l'amour de Rimbaud est-il un amour d'adolescent ?

A. il est enthousiaste et spontané
B. il est éternel et profond
C. il est urgent
D. il isole du groupe d'amis
E. il est protégé par les parents
F. il ne dure pas

Êtes-vous un lecteur savant ?

Sans vous référer au glossaire, reliez les termes à leur définition !

anaphore •	• la tasse au lieu du café
métonymie •	• mariage surprenant
diérèse •	• répétition
oxymore •	• grand écart entre les voyelles

Et maintenant, pouvez-vous reconnaître dans les vers suivants des comparaisons, des métaphores, une diérèse, une anaphore, un oxymore, une métonymie ?

1. « La sève est du champagne et vous monte à la tête »

A. comparaison
B. métaphore
C. diérèse
D. anaphore
E. oxymore
F. métonymie

2. « On divague ; on se sent aux lèvres un baiser / Qui palpite là, comme une petite bête... »

A. comparaison
B. métaphore
C. diérèse
D. anaphore
E. oxymore
F. métonymie

3. « Tout en faisant trotter ses petites bottines »

A. comparaison
B. métaphore
C. diérèse
D. anaphore
E. oxymore
F. métonymie

4. « Aimer à loisir, / Aimer et mourir »

A. comparaison
B. métaphore
C. diérèse
D. anaphore
E. oxymore
F. métonymie

5. « Les soleils mouillés »

A. comparaison
B. métaphore
C. diérèse

D. anaphore
E. oxymore
F. métonymie

6. « les charmes / Si mystérieux / De tes traîtres yeux »

A. comparaison
B. métaphore
C. diérèse
D. anaphore
E. oxymore
F. métonymie

7. « Dans son œil, ciel livide où germe l'ouragan »

A. comparaison
B. métaphore
C. diérèse
D. anaphore
E. oxymore
F. métonymie

8. « On dirait un serpent qui danse »

A. comparaison
B. métaphore
C. diérèse
D. anaphore
E. oxymore
F. métonymie

Êtes-vous un bon rimeur ?

Le dictionnaire vous propose un certain nombre de rimes. Retrouvez celles qui ont été choisies par le poète.

1. « Le Pitre » de Verlaine

Échoue / mandchoue / joue / moue / proue /
Boue / secoue / avoue / roue / floue
Gourdin / soudain / baladin / malandrin /
Dédain / gredin / radin / badin

« Le tréteau qu'un orchestre emphatique ....
Grince sous les grands pieds du maigre ....
Qui harangue non sans finesse et sans ....
Les badauds piétinant devant lui dans la ....

Le plâtre de son front et le fard de sa ....
Font merveille. Il pérore et se tait tout, ...
Reçoit des coups de pied au derrière, ...
Baise au cou sa commère énorme, et fait la .... »

2. « Le Bateau ivre » de Rimbaud

horribles / disponibles / impassibles / cribles / cibles / paisibles
hurleurs / couleurs / douleurs / voleurs / haleurs / chaleurs / brûleurs
ombrages / pâturages / équipages / tapages / âges / carrelages / aréopages
frais / voulais / mauvais / anglais / courais / rêvais / antillais / désirais

« Comme je descendais des Fleuves ....
Je ne me sentis plus guidé par les : ....
Des Peaux-Rouges criards les avaient pris pour ....
Les ayant cloués nus aux poteaux de ....

J'étais insoucieux de tous les, ...
Porteur de blés flamands ou de cottons ....
Quand avec mes haleurs ont fini ces, ...
Les Fleuves m'ont laissé descendre où je .... »

3. « Ciel brouillé » de Baudelaire

bariolés / ensorcelés / martelés / encerclés / brûlés / écroulés / voilés
sort / endort / dort / mord / essore / tord
pâmoisons / raisons / saisons / horizons / oisillons
brouillé / souillé / fouillé / dépouillé / mouillé / rouillé

« Tu rappelles ces jours blancs, tièdes et, ...
Qui font se fondre en pleurs les cœurs, ...
Quand, agités d'un mal inconnu qui les, ...
Les nerfs trop éveillés raillent l'esprit qui ....
Tu ressembles parfois à ces beaux ....
Qu'allument les soleils des brumeuses ....
Comme tu resplendis, paysage ....
Qu'enflamment les rayons tombant d'un ciel .... ! »

Poèmes 15, 16

La poésie des noms géographiques

1. Ces noms de lieux font rêver Verlaine. Quels sont leurs points communs ?

A. ils se réfèrent à un passé lointain ou mythique.
B. ce sont des endroits qu'il connaît.
C. ils ont des résonances littéraires et / ou artistiques.

2. Quels lieux vous font rêver aujourd'hui ?

....
....
....
....

3. « De la musique avant toute chose » a écrit Verlaine. Les vers 13, 14 et 19 du poème de Verlaine sont particulièrement musicaux. Trouvez les éléments qui leur donnent cette musicalité.

- **vers 13. « Le Pactole a son or. Le Bosphore a sa rive »**

A. rime intérieure
B. assonance
C. allitération

- **vers 14. « Où vient faire son kief l'odalisque lascive. »**

A. rime intérieure
B. assonance
C. allitération

- **vers 19. « Le grand Meschascebé, fier de ses joncs sacrés »**

A. rime intérieure
B. assonance
C. allitération

4. Le rêve de Baudelaire est tout minéral. Reconstituez le champ lexical qui s'y rapporte en éliminant les intrus de la liste suivante.

métal – marbre – escaliers – remparts – arcades – palais – cristal – murailles de métal – colonnades – quais – ardoises – pierres inouïes – glaces – diamant – tunnels de pierreries – le rayon cristallisé.

5. Quelles sont les qualités du paysage rêvé de Baudelaire ?

A. une nature foisonnante, luxuriante
B. une atmosphère chaleureuse et légère
C. il est la créature de l'homme
D. il est baigné de lumière artificielle
E. la beauté froide
F. le luxe
G. la pesanteur
H. il est rempli du chant des oiseaux
I. il est rare
J. il est silencieux

6. La ville de Paris apparaît dans ces deux poèmes comme...

A. la ville refuge
B. le lieu du quotidien
C. la ville de culture

Poème 17

Le vrai voyageur

1. Que recherche le voyageur banal, d'après Baudelaire ?

A. l'oubli de tous les soucis quotidiens
B. la découverte du monde
C. l'éloignement de la famille
D. la rencontre d'autres peuples
E. l'arrachement à un amour malheureux
F. l'ivresse de plonger dans l'inconnu

2. Que recherche le voyageur authentique ?

A. la connaissance de soi
B. l'ivresse de plonger dans l'inconnu
C. l'abandon au destin
D. le refus de la monotonie
E. la connaissance des autres
F. l'errance sans but
G. une attitude dynamique devant la vie

Avez-vous bonne mémoire ?

Quel poème de ce recueil est le plus proche de l'idéal défini par Baudelaire dans la dernière strophe ?

....

Glossaire

ALLITÉRATION : répétition d'une même consonne.
ex. : *Une odeur de charbon qui brûle et d'eau qui bout*

ANAPHORE : répétition d'un même mot, d'une même tournure.

ASSONANCE : répétition d'un même son-voyelle.
ex. : *Comme des lyres, je tirais les élastiques*

CHAMP LEXICAL : ensemble des mots se rapportant à un même thème.

COMPARAISON : figure de style qui met en relation deux termes (le comparant et le comparé) ayant un point commun, à l'aide d'un mot-outil (*comme, pareil à...*)
ex. : ***Comme des lyres**, je tirais les élastiques*

DIÉRÈSE : séparation, dans la prononciation, de deux sons-voyelles habituellement liés, pour former deux syllabes.
ex. : *odi / eux*

ENJAMBEMENT : report au vers suivant d'un groupe de mots nécessaire à la compréhension du vers précédent.
ex. : *Petit-Poucet rêveur, j'égrenais dans ma course*

***Des rimes.** Mon auberge...*

MÉTAPHORE : figure de style analogue à la comparaison mais qui n'utilise pas de mot-outil.
ex. : ***Petit-Poucet rêveur**, j'égrenais...*

MÉTONYMIE : moyen de désigner le contenu par son contenant.
ex. : *Buvons **un verre**.*

OXYMORE : alliance de mots contradictoires.
ex. : *Deux **spectres joyeux**...*

PÉRIPHRASE : expression souvent descriptive qui remplace un mot unique.
ex. : *Le trésor toujours prêt des mamelles pendantes* (= le lait)

REJET : groupe de mots au début d'un vers qui, pour la compréhension, se lit avec le vers précédent.

RIMES : syllabe(s) finale(s) d'un vers, semblable(s) à celle(s) d'un autre. On distingue les rimes féminines, terminées par un **e** muet, de toutes les autres qu'on appelle masculines. Elles peuvent être disposées selon trois ordres différents :
– a a b b : rimes plates
– a b b a : rimes embrassées
– a b a b : rimes croisées

SONNET : poème à forme fixe, originaire d'Italie, redécouvert par Baudelaire. Il comporte deux quatrains (strophes de quatre vers)

et deux tercets (strophes de trois vers). La disposition des vers dite *régulière* est la suivante :
a b b a / a b b a / c c d / e e d

SYMBOLE : figure de style qui utilise un objet concret pour désigner une idée abstraite.
ex. : *le grillon* : symbole du foyer sédentaire

VERS OU MÈTRE : un vers comporte un nombre de syllabes défini : douze syllabes constituent un alexandrin, dix syllabes un décasyllabe, huit syllabes un octosyllabe... Ils peuvent rimer pour se faire écho l'un à l'autre, et être rythmés par un système d'accents et de coupes.

Notes et citations

Notes et citations

Notes et citations

Notes et citations

Les classiques et les contemporains dans la même collection

ALAIN-FOURNIER
Le Grand Meaulnes

ANDERSEN
La Petite Fille et les allumettes et autres contes

ANOUILH
La Grotte

APULÉE
Amour et Psyché

ASIMOV
Le Club des Veufs noirs

AUCASSIN ET NICOLETTE

BALZAC
Le Bal de Sceaux
Le Chef-d'œuvre inconnu
Le Colonel Chabert
Ferragus
Le Père Goriot
La Vendetta

BARBEY D'AUREVILLY
Les Diaboliques – Le Rideau cramoisi, Le Bonheur dans le crime

BARRIE
Peter Pan

BAUDELAIRE
Les Fleurs du mal – *Nouvelle édition*

BAUM (L. FRANK)
Le Magicien d'Oz

BEAUMARCHAIS
Le Mariage de Figaro

BELLAY (DU)
Les Regrets

LA BELLE ET LA BÊTE ET AUTRES CONTES

BERBEROVA
L'Accompagnatrice

BERNARDIN DE SAINT-PIERRE
Paul et Virginie

LA BIBLE
Histoire d'Abraham
Histoire de Moïse

BOVE
Le Crime d'une nuit. Le Retour de l'enfant

BRADBURY
L'Homme brûlant et autres nouvelles

CARRIÈRE (JEAN-CLAUDE)
La Controverse de Valladolid

CARROLL
Alice au pays des merveilles

CERVANTÈS
Don Quichotte

CHAMISSO
L'Étrange Histoire de Peter Schlemihl

LA CHANSON DE ROLAND

CATHRINE (ARNAUD)
Les Yeux secs

CHATEAUBRIAND
Mémoires d'outre-tombe

CHEDID (ANDRÉE)
L'Enfant des manèges et autres nouvelles
Le Message
Le Sixième Jour

CHRÉTIEN DE TROYES
Lancelot ou le Chevalier de la charrette
Perceval ou le Conte du graal
Yvain ou le Chevalier au lion

CLAUDEL (PHILIPPE)
Les Confidents et autres nouvelles

COLETTE
Le Blé en herbe

COLIN (FABRICE)
Projet oXatan

COLLODI
Pinocchio

CORNEILLE
Le Cid – *Nouvelle édition*

DAUDET
Aventures prodigieuses de Tartarin de Tarascon
Lettres de mon moulin

DEFOE
Robinson Crusoé

DIDEROT
Entretien d'un père avec ses enfants

Jacques le Fataliste
Le Neveu de Rameau
Supplément au Voyage de Bougainville

DOYLE
Trois Aventures de Sherlock Holmes

DUMAS
Le Comte de Monte-Cristo
Pauline
Robin des Bois
Les Trois Mousquetaires, t. 1 et 2

FABLIAUX DU MOYEN ÂGE
LA FARCE DE MAÎTRE PATHELIN
LA FARCE DU CUVIER ET AUTRES FARCES DU MOYEN ÂGE

FENWICK (JEAN-NOËL)
Les Palmes de M. Schutz

FERNEY (ALICE)
Grâce et Dénuement

FEYDEAU
Un fil à la patte

FEYDEAU-LABICHE
Deux courtes pièces autour du mariage

FLAUBERT
La Légende de saint Julien l'Hospitalier
Un cœur simple

GARCIN (CHRISTIAN)
Vies volées

GAUTIER
Le Capitaine Fracasse
La Morte amoureuse. La Cafetière et autres nouvelles

GOGOL
Le Nez. Le Manteau

GRAFFIGNY (MME DE)
Lettres d'une péruvienne

GRIMM
Le Petit Chaperon rouge et autres contes

GRUMBERG (JEAN-CLAUDE)
L'Atelier
Zone libre

HIGGINS (COLIN)
Harold et Maude – *Adaptation de Jean-Claude Carrière*

HOBB (ROBIN)
Retour au pays

HOFFMANN
L'Enfant étranger
L'Homme au Sable
Le Violon de Crémone. Les Mines de Falun

HOLDER (ÉRIC)
Mademoiselle Chambon

HOMÈRE
Les Aventures extraordinaires d'Ulysse
L'Iliade
L'Odyssée

HUGO
Claude Gueux
L'Intervention *suivie de* La Grand'mère
Le Dernier Jour d'un condamné
Les Misérables – *Nouvelle édition*
Notre-Dame de Paris
Quatrevingt-treize
Le roi s'amuse
Ruy Blas

JAMES
Le Tour d'écrou

JARRY
Ubu Roi

JONQUET (THIERRY)
La Vigie

KAFKA
La Métamorphose

KAPUŚCIŃSKI
Autoportrait d'un reporter

KRESSMANN TAYLOR
Inconnu à cette adresse

LABICHE
Un chapeau de paille d'Italie

LA BRUYÈRE
Les Caractères

LEBLANC
L'Aiguille creuse

LONDON (JACK)
L'Appel de la forêt

MME DE LAFAYETTE
La Princesse de Clèves

LA FONTAINE
Le Corbeau et le Renard et autres fables – *Nouvelle édition des* Fables, *collège*
Fables, *lycée*

LANGELAAN (GEORGE)
La Mouche. Temps mort

LAROUI (FOUAD)
L'Oued et le Consul et autres nouvelles

LE FANU (SHERIDAN)
Carmilla

LEROUX
Le Mystère de la Chambre Jaune
Le Parfum de la dame en noir

LOTI
Le Roman d'un enfant

MARIVAUX
La Double Inconstance
L'Île des esclaves
Le Jeu de l'amour et du hasard

MATHESON (RICHARD)
Au bord du précipice et autres nouvelles
Enfer sur mesure et autres nouvelles

MAUPASSANT
Bel-Ami
Boule de suif
Le Horla et autres contes fantastiques
Le Papa de Simon et autres nouvelles
La Parure et autres scènes de la vie parisienne
Toine et autres contes normands
Une partie de campagne et autres nouvelles au bord de l'eau

MÉRIMÉE
Carmen
Mateo Falcone. Tamango
La Vénus d'Ille – *Nouvelle édition*

MIANO (LÉONORA)
Afropean Soul et autres nouvelles

LES MILLE ET UNE NUITS
Ali Baba et les quarante voleurs
Le Pêcheur et le Génie. Histoire de Ganem
Sindbad le marin

MOLIÈRE
L'Amour médecin. Le Sicilien ou l'Amour peintre
L'Avare – *Nouvelle édition*
Le Bourgeois gentilhomme – *Nouvelle édition*
Dom Juan
L'École des femmes
Les Femmes savantes
Les Fourberies de Scapin – *Nouvelle édition*
George Dandin
Le Malade imaginaire – *Nouvelle édition*
Le Médecin malgré lui
Le Médecin volant. La Jalousie du Barbouillé
Le Misanthrope
Les Précieuses ridicules
Le Tartuffe

MONTAIGNE
Essais

MONTESQUIEU
Lettres persanes

MUSSET
Il faut qu'une porte soit ouverte ou fermée. Un caprice
On ne badine pas avec l'amour

OVIDE
Les Métamorphoses

PASCAL
Pensées

PERRAULT
Contes – *Nouvelle édition*

PIRANDELLO
Donna Mimma et autres nouvelles
Six Personnages en quête d'auteur

POE
Le Chat noir et autres contes fantastiques
Double Assassinat dans la rue Morgue. La Lettre volée

POUCHKINE
La Dame de pique et autres nouvelles

PRÉVOST
Manon Lescaut

PROUST
Combray

RABELAIS
Gargantua
Pantagruel

RACINE
Phèdre
Andromaque

RADIGUET
Le Diable au corps

RÉCITS DE VOYAGE
Le Nouveau Monde (Jean de Léry)
Les Merveilles de l'Orient (Marco Polo)

RENARD
Poil de Carotte

RIMBAUD
Poésies

ROBERT DE BORON
Merlin

ROMAINS
L'Enfant de bonne volonté

LE ROMAN DE RENART – *Nouvelle édition*

ROSTAND
Cyrano de Bergerac

ROUSSEAU
Les Confessions

SALM (CONSTANCE DE)
Vingt-quatre heures d'une femme sensible

SAND
Les Ailes de courage
Le Géant Yéous

SAUMONT (ANNIE)
Aldo, mon ami et autres nouvelles
La guerre est déclarée et autres nouvelles

SCHNITZLER
Mademoiselle Else

SÉVIGNÉ (MME DE)
Lettres

SHAKESPEARE
Macbeth
Roméo et Juliette

SHELLEY (MARY)
Frankenstein

STENDHAL
L'Abbesse de Castro
Vanina Vanini. Le Coffre et le Revenant

STEVENSON
Le Cas étrange du Dr Jekyll et de M. Hyde
L'Île au trésor

STOKER
Dracula

SWIFT
Voyage à Lilliput

TCHÉKHOV
La Mouette
Une demande en mariage et autres pièces en un acte

TITE-LIVE
La Fondation de Rome

TOURGUÉNIEV
Premier Amour

TRISTAN ET ISEUT

TROYAT (HENRI)
Aliocha

VALLÈS
L'Enfant

VERLAINE
Fêtes galantes, Romances sans paroles *précédé de* Poèmes saturniens

VERNE
Le Tour du monde en 80 jours
Un hivernage dans les glaces

VILLIERS DE L'ISLE-ADAM
Véra et autres nouvelles fantastiques

VIRGILE
L'Énéide

VOLTAIRE
Candide – *Nouvelle édition*
L'Ingénu
Jeannot et Colin. Le monde comme il va
Micromégas
Zadig – *Nouvelle édition*

WESTLAKE (DONALD)
Le Couperet

WILDE
Le Fantôme de Canterville et autres nouvelles

ZOLA
Comment on meurt
Germinal
Jacques Damour
Thérèse Raquin

ZWEIG
Le Joueur d'échecs

Les anthologies dans la même collection

AU NOM DE LA LIBERTÉ
Poèmes de la Résistance

L'AUTOBIOGRAPHIE
BAROQUE ET CLASSICISME
LA BIOGRAPHIE
BROUILLONS D'ÉCRIVAINS
Du manuscrit à l'œuvre

« C'EST À CE PRIX QUE VOUS MANGEZ DU SUCRE... » Les discours sur l'esclavage d'Aristote à Césaire

CETTE PART DE RÊVE QUE CHACUN PORTE EN SOI
CEUX DE VERDUN
Les écrivains et la Grande Guerre

LES CHEVALIERS DU MOYEN ÂGE
CONTES DE SORCIÈRES

CONTES DE VAMPIRES

LE CRIME N'EST JAMAIS PARFAIT
Nouvelles policières 1

DE L'ÉDUCATION
Apprendre et transmettre de Rabelais à Pennac

LE DÉTOUR

FAIRE VOIR : QUOI, COMMENT, POUR QUOI ?

FÉES, OGRES ET LUTINS
Contes merveilleux 2

LA FÊTE
GÉNÉRATION(S)

LES GRANDES HEURES DE ROME
L'HUMANISME ET LA RENAISSANCE
IL ÉTAIT UNE FOIS
Contes merveilleux 1

LES LUMIÈRES
LES MÉTAMORPHOSES D'ULYSSE
Réécritures de L'*Odyssée*

MONSTRES ET CHIMÈRES
MYTHES ET DIEUX DE L'OLYMPE
NOIRE SÉRIE...
Nouvelles policières 2

NOUVELLES DE FANTASY 1

NOUVELLES FANTASTIQUES 1
Comment Wang-Fô fut sauvé et autres récits

NOUVELLES FANTASTIQUES 2
Je suis d'ailleurs et autres récits

ON N'EST PAS SÉRIEUX QUAND ON A QUINZE ANS Adolescence et littérature

PAROLES DE LA SHOAH
PAROLES, ÉCHANGES, CONVERSATIONS ET RÉVOLUTION NUMÉRIQUE
LA PEINE DE MORT
De Voltaire à Badinter

POÈMES DE LA RENAISSANCE
POÉSIE ET LYRISME
LE PORTRAIT
RACONTER, SÉDUIRE, CONVAINCRE
Lettres des XVIIe et XVIIIe siècles

RÉALISME ET NATURALISME
RÉCITS POUR AUJOURD'HUI
17 fables et apologues contemporains

RIRE : POUR QUOI FAIRE ?

RISQUE ET PROGRÈS
ROBINSONNADES
De Defoe à Tournier

LE ROMANTISME
SCÈNES DE LA VIE CONJUGALE
Le couple au théâtre, de Shakespeare à Yasmina Reza

LE SURRÉALISME
LA TÉLÉ NOUS REND FOUS !

LES TEXTES FONDATEURS
TROIS CONTES PHILOSOPHIQUES
Diderot, Saint-Lambert, Voltaire

TROIS NOUVELLES NATURALISTES
Huysmans, Maupassant, Zola

VIVRE AU TEMPS DES ROMAINS
VOYAGES EN BOHÈME
Baudelaire, Rimbaud, Verlaine

Création maquette intérieure :
Sarbacane Design.

Composition : IGS-CP.
N° d'édition : L.01EHRN000456.C002
Dépôt légal : avril 2007
Imprimé en Espagne par Novoprint (Barcelone)